万引き

アラコ刑事《デカ》

IQGM《イケガミ》

コアラけいさつしょでは
まんびきの とりしまりを きょうかちゅう。
「かくじ しりょうをよくよみ たんとうの スーパーの
そうさにあたれ！」

アラコでかと リーじゅんさは くるまをはしらせ スーパー 「コアマート」へ。

「アラコさん、 わたしたちは コアマートの たんとうですね」
「そうみたいだな。 リー、 まずは かいぎしりょうを よむぞ」
「はい！」

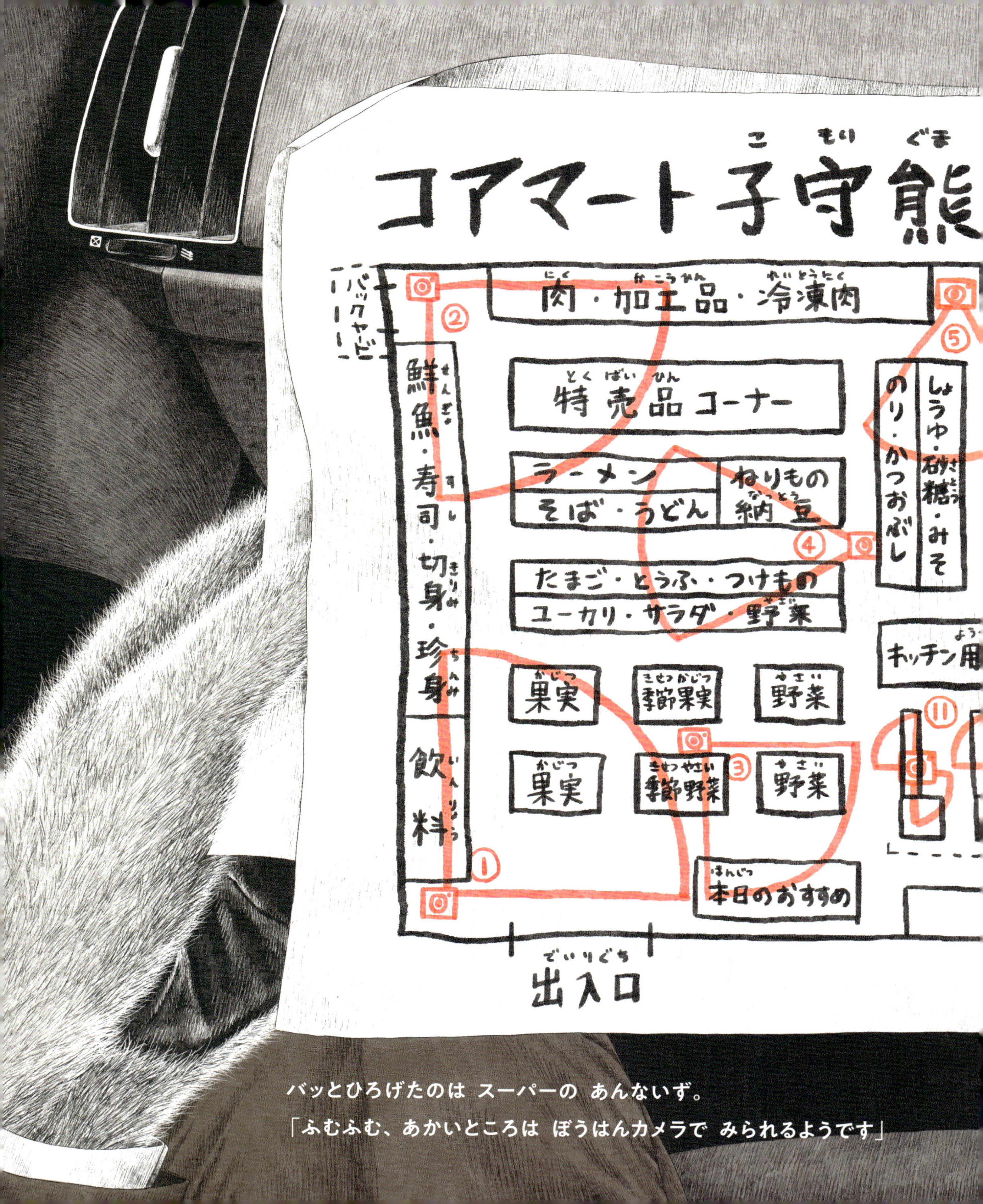

バッとひろげたのは スーパーの あんないず。
「ふむふむ、あかいところは ぼうはんカメラで みられるようです」

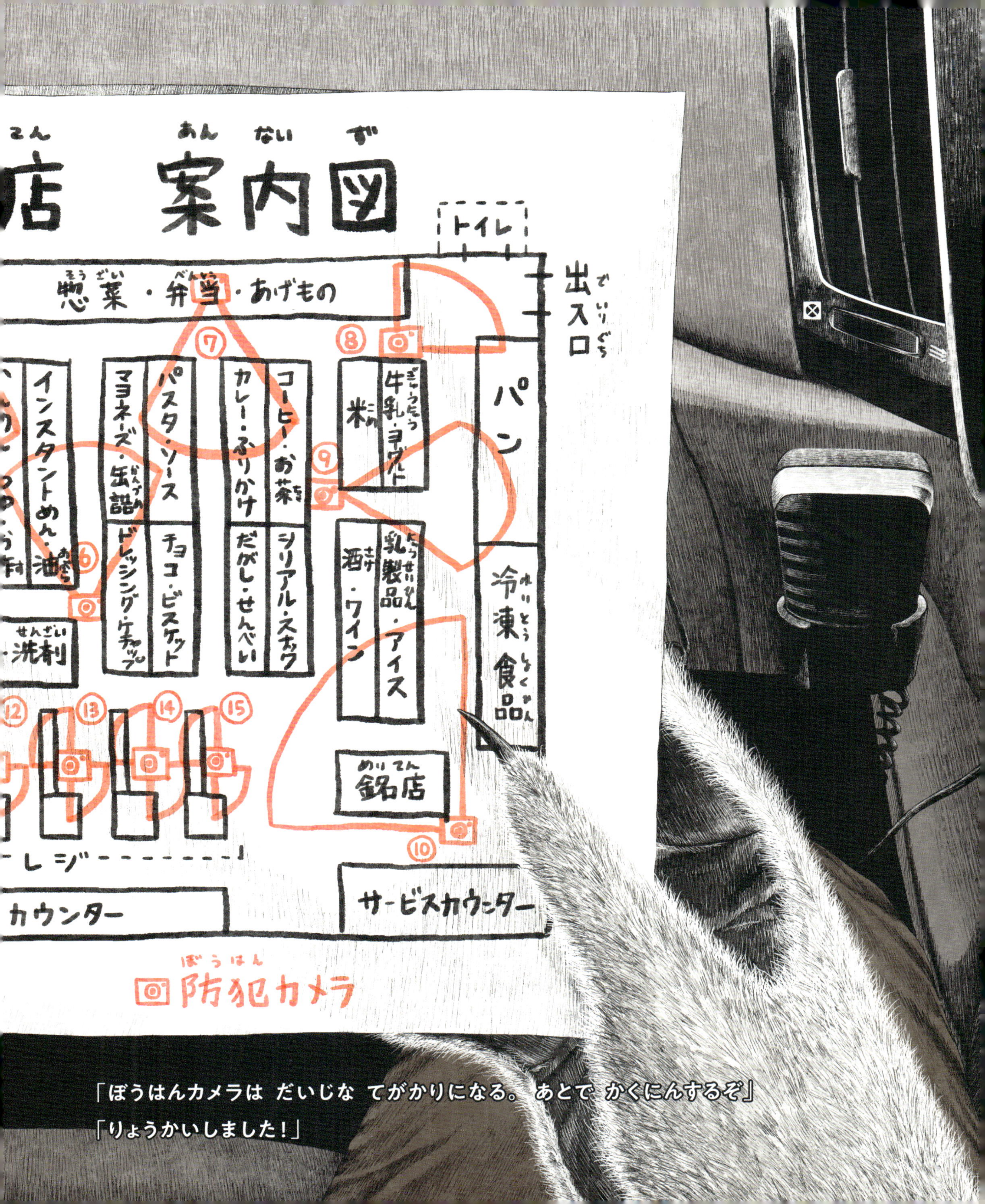

「ぼうはんカメラは だいじな てがかりになる。 あとで かくにんするぞ」
「りょうかいしました！」

まずは ふたりは そとでみはり。
みつからないよう みどりのなかにかくれて
そうがんきょうで おみせを チェック。
「アラコさん、 なぜ おみせに いかないのですか?」
「はんにんが けいさつを けいかいしている かのうせいがある。
はなれたところから おみせに はいるひとを みはるんだ」

そうがんきょうからは　いろいろなひとが　でいりするのが　みえます。
「アラコさん、　あかいふくの　あやしいおとこが　はいっていきます！」

「リー、 みためでひとを はんだんしては いけない。
みろ、 かれは おばあさんの にもつを もってやっている」
「なるほどです。 ほかにあやしいひとは いなさそうですね。
はんにんは すでに スーパーのなかでしょうか？」
「はいってみるか……」

お徳用
ユーカリ
コア農園
ユーカリ
コア農園
ユーカリ
広告の品
お徳用
ユーカリ ￥199
（税込）
広告の品
コア農園産
ユーカリ￥219
（税込）
コアマートプレミアム
サラダ用ユーカリ 100g
￥268（税込）
特選
ミックスユーカリ 80g
￥248（税込）
コア農園
さくらんぼ

おみせの てんちょうさんに はなしをききます。
てんちょうさんは こまったようす。

「コアのうえんで とれた おいしいさくらんぼが だいにんきなのですが
しらないあいだに だれかに ぬすまれているようです」
「なるほど。 アラコさん、 このちかくで みはってみますか?」
「おれたちは スーツでめだつ。 ぼうはんカメラで かくにんするぞ」

LIVEモード
CAMERA
15:20 ①
果物
MELON
旬の野菜
CAMERA
15:24 ⑦
4
米・コーヒー・茶
トイレ
←こちら
3
カレー・パスタ・
ソース・ふりかけ
Happy Day

ぼうはんカメラからは おみせのようすが いちもくりょうぜん。
だれが なにを しているのか ぜんぶわかります。
「れいの さくらんぼの しゅうへんですね」
「カゴにいれた さくらんぼが きえていないか よくみておけ」
「みなさんカゴに いれてますね。
あれ? さくらんぼが いりぐちのちかくに ポロポロとおちてますよ。
もしや、 はんにんはもう にげてしまったんでしょうか……?」
「おぼえておけ、 リー。 そうさはいつも すじがきどおりには いかねえもんだ……」
「どういうことですか?」

「いくぞリー！　はんにんはあそこだ！」
「はい！」

うわぁ!
みつかっちゃった!

ばん!!!
止
おしり
やわらか

なんと　はんにんは　ちいさなこどもでした。
トイレに　かくれて　さくらんぼを　たべていたのです。
おみせの　じむしつで　アラコでかは　こどもに　たずねました。
「おいこぞう、　どうしてさくらんぼをぬすんだ」
「へっ、　べつに　りゆうなんか　ないよ」
「これはうりものだぞ」
「おなかが　すいたから　たべただけだ」
「カネを　はらわねえやつは　たべちゃダメなんだ」
「ボクがたべたって　すこしへるくらいじゃないか
ボクのことなんか　だれも　きにしないよ！」

シフト表
小中さん
4/24
万引き

「ちょっとこい」
とつぜん　アラコでかはこどもをひょいとかつぎました。
「なにをするー！　はなせクソおやじ！！」
「てんちょうさん、　こぞうがぬすんだぶんは　おしはらいします」
そういって　アラコでかとリーじゅんさは
ふくろいっぱいのさくらんぼをかって
おみせを　でていきました。

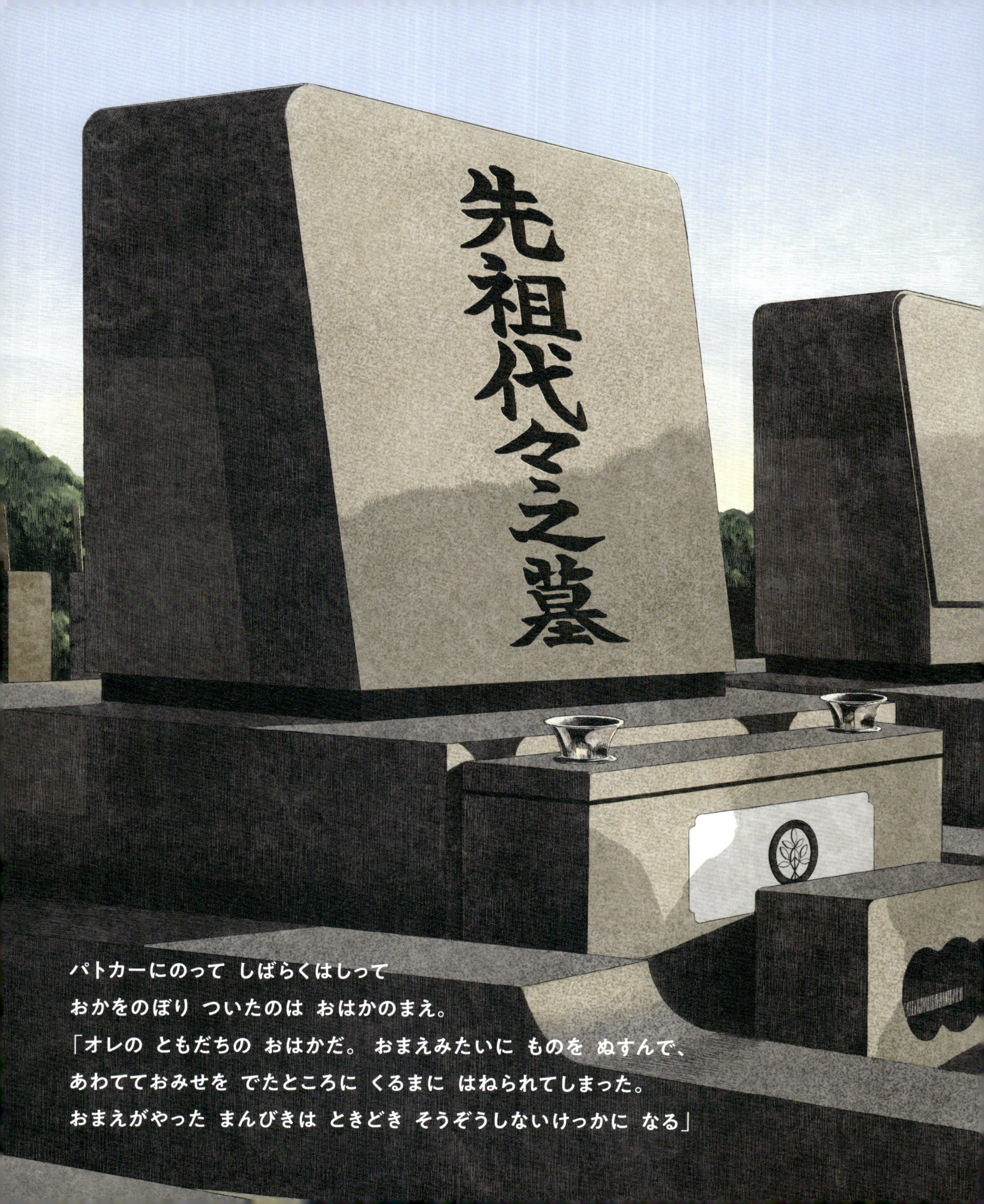

パトカーにのって　しばらくはしって
おかをのぼり　ついたのは　おはかのまえ。
「オレの　ともだちの　おはかだ。おまえみたいに　ものを　ぬすんで、
あわてておみせを　でたところに　くるまに　はねられてしまった。
おまえがやった　まんびきは　ときどき　そうぞうしないけっかに　なる」

夢

こどもは　しばらくだまって　おはかをみていました。
「おかあさんも　おとうさんも　いつもいそがしそうで　あそんでくれない。
はなしかけても　いつもつかれてる。　だれも
ボクのことなんか　みえてないんじゃないかって」
こどもは　さびしくなって　スーパーの
さくらんぼを　とってしまったのです。

「さくらんぼを　たべて　ごめんなさい」

アラコでかは いいました。

「おやごさんに ほんとうのきもちを ちゃんとつたえたら

きっとわかってくれるさ」

そして おはかにねむるともだちに はなしかけました。

「よう、 オマエみたいに バカなことやったやつ つれてきたぞ。

まったく、 どいつもこいつも さみしいなら さみしいって

すなおに いえばいいのによ」

コテトチップス
ーカリバター
KOA FLU
清菜酒
心

アラコでかは　またこどもを　ひょいと　かつぎました。
「かえるぞ」
「……うん」

てさくらんぼ
000
とり放題!
(税込)
200g
¥500
コア農園
さくらんぼ
コア農園
小新 桜太朗 さん
コア農園
わたしが
つくりました
特価!
とれたてさくらんぼ
コア農園
1パック
(税込)
¥1000
コア農園
さくらんぼ
本日のおすすめ!
コア農
さくらんぼ
のおすすめ!
コア農
さくらんぼ
放
放題

そして なんにちかすぎた あるひのこと。
ふたりが みはりをしていると、
あのときの こどもがいました。
おとうさんもおかあさんも いっしょです。
「このさくらんぼ いっしょにたべようよ！」
かぞくで たのしそうに おかいものをして
おみせを でていきました。

アラコでかと りーじゅんさは きょうも そうさで おおいそがし。
「アラコさん！ ホシは あっちに にげました！」
「よし、 とばすぞ リー！」
「はい！」
そういって ふたりは
じてんしゃで まちを かけまわるのでした。

アラコ刑事《デカ》

2025年4月23日　初版発行

著　者　IQGM《イケガミ》
発行者　山下 直久
発　行　株式会社KADOKAWA
〒102-8177 東京都千代田区富士見2-13-3
電話 0570-002-301（ナビダイヤル）

印刷所　TOPPANクロレ株式会社
製本所　TOPPANクロレ株式会社
装　丁　albireo

●お問い合わせ
https://www.kadokawa.co.jp/（「お問い合わせ」へお進みください）
＊内容によっては、お答えできない場合があります。
＊サポートは日本国内のみとさせていただきます。
＊Japanese text only

定価はカバーに表示してあります。

ISBN978-4-04-607523-9 C8093